Vente du Vendredi 10 Janvier 1873

SALLE N° 3

FAIENCES

PORCELAINES

MEUBLES, TAPISSERIES

EXPOSITION PUBLIQUE:

Le Jeudi 9 Janvier 1873

M° CHARLES PILLET,	MM. DHIOS & GEORGE
COMMISSAIRE-PRISEUR	EXPERTS
10, rue de la Grange-Batelière	rue Lepeletier, 33.

CATALOGUE

DES

FAIENCES

FRANÇAISES & HOLLANDAISES

PORCELAINES

De Sèvres, de Saxe, d'Allemagne, etc.

MEUBLES ANCIENS

Des Époques Louis XIII et Louis XIV

TAPISSERIES

DONT LA VENTE AURA LIEU

HOTEL DROUOT, SALLE N° 3,

Le Vendredi 10 Janvier 1873

A DEUX HEURES.

Par le ministère de Me CHARLES PILLET, commissaire-priseur,
rue de la Grange-Batelière, 10.
Assisté de MM. DHIOS et GEORGE, Experts, 33, rue Lepeletier,
Chez lesquels se distribue le présent Catalogue.

EXPOSITION PUBLIQUE : *Le Jeudi 9 Janvier 1873*

DE UNE HEURE A CINQ HEURES.

CONDITIONS DE LA VENTE.

Elle sera faite au comptant.

Les adjudicataires payeront *cinq pour cent* en sus des enchères.

L'exposition mettant le public à même de se rendre compte de l'état des objets, il ne sera admis aucune réclamation une fois l'adjudication prononcée.

Paris. — Imp. de PILLET fils aîné, rue des Grands-Augustins, 5.

DÉSIGNATION DES OBJETS

FAIENCES

1 — Soupière Delft polychrome, décors d'oiseaux.

2 — Soupière Delft camaïeu, décors médaillons à paysage.

3 — Deux assiettes vieux Saxe, décors fleurs.

4 — Deux assiettes porcelaine, de Frankental.

5 — Boîte à thé, ancienne porcelaine de Saxe, monture
moderne.

6 — Tasse et sa soucoupe dorée, ancienne fabrique de
Nast. Époque Louis XVI.

7 — Deux vases vieux Delft à reliefs dorés.

8 — Beurrier, ancienne fabrique de Monsieur.

9 — Sucrier en vieux Berlin, avec inscription.

10 — Pot au lait, ancienne porcelaine.

11 — Pot, ancienne faïence de Saint-Amand.

12 — Chope en vieille faïence de Vienne.

13 — Milieu de table, ancienne terre de pipe, avec quatre chevaux marins, coquillages et poissons.

14 — Encrier vieux grès du xvie siècle. Très-rare.

15 — Encrier vieux Nevers, daté 1665.

16 — Portrait en cire. xviiie siècle.

17 — Groupe en faïence de Niderviller.

18 — Deux plats vieille faïence de Moustier. L'un représentant David, vainqueur de Goliath ; l'autre Arion sauvé par un dauphin, d'après les dessins de Frans Floris.

19 — Plat en vieille faïence de Milan.

20 — Pigeon en ancienne faïence de Nevers.

21 — Deux assiettes, ancienne faïence de Moustier, décors amours et fleurs.

22 — Théière en ancienne porcelaine de Chine, décor en relief.

23 — Service de six tasses, pot au lait, cafetière, sucrier, ancienne faïence de Milan.

24 — Tasse et sa soucoupe, vieux Sèvres, pâte tendre à bouquets.

25 — Soucoupe vieux Sèvres, pâte tendre, dessin Pompadour.

26 — Cruche fermée, vieux Delft camaïeu, avec traces de dorure.

27 — Deux statuettes vieux Delft, marquées et datées.

28 — Deux cafetières garnies en argent.

29 — Statuette Frankental figurine de femme.

30 — Statuette porcelaine de Chelsea, figurine de femme.

31 — Tasse Saxe jaune et rose avec Amour.

32 — Bonbonnière Saxe.

33 — Pomme de canne formant tabatière, ancien émail de Saxe, décor paysage.

34 — Chandelier en vieil émail de Saxe, décor fleurs et or.

35 — Tasse vieux Sèvres de 1774 (Sèvres royal et sa soucoupe), fond doré à fleurs.

36 — Vase avec piédestal, ancienne terre de pipe émaillée.

37 — Tableau satin brodé. Époque Louis XVI.

38 — Tableau de l'école de Téniers sur cuivre, cadre doré.

39 — Deux tableaux attribués à Breughel de Velours,
peintures sur cuivre avec cadre bois doré, sculpté.

40 — Christ peint sur cuivre, cadre bois sculpté et
doré.

41 — Deux Vénus en porcelaine de Buen-Retiro.

42 — Boîte à thé vieux Delft camaïeu, avec figure bibli-
que.

43 — Tasse et sa soucoupe ancienne faïence de Marseille,
camaïeu vert sur blanc.

44 — Deux assiettes ancienne faïence de Marseille, décor
à petits personnages.

45 — Chope verre rubis de Bohême, montée en argent.

46 — Coq polychrome.

47 — Statuette vieux Sèvres (l'Hiver).

48 — Tableau russe.

49 — Nécessaire et buvard vieux Japon, laqués noir et or.

50 — Potiche vieux Delft doré et polychrome.

51 — Médaille biscuit de Capo di Monte, personnage mythologique.

52 — Statuette vieux Saxe avec piédestal en bronze ciselé.

53 — Pendule en verre de Venise. Époque Louis XV.

54 — Tasse vieux Berlin et sa soucoupe.

55 — Portrait d'Henri VIII, sur cuivre, cadre en bois sculpté et doré.

56 — Album miniature chinoise.

57 — Assiette vieux Nevers avec salière et coquetier.

58 — Deux tasses ancienne porcelaine Buen-Retiro, en relief.

59 — Coffret en fer gravé et doré. XVIe siècle.

60 — Pot à eau et sa cuvette, ancienne porcelaine de Locré.

61 — Petite statuette argent doré avec piédestal en jaspe sanguin, ornée de cornaline et de turquoises.

62 — Compotier vieux Rouen, décor dit au carquois.

63 — Adoration des Mages en vieux verre de Venise, dans une petite boîte d'ébène.

64 — Deux anciennes gravures ; figures coloriées et habillées.

65 — Tasse porcelaine et sa soucoupe, marque de Niverdiller.

66 — Six assiettes faïence, diverses fabriques.

67 — Deux assiettes vieux Nevers fond bleu à fleurs blanches.

68 — Assiette vieux Rouen à la tulipe.

69 — Plat creux en vieux Rouen fond bleu, avec fleurs vertes et blanches. (Réparé.)

70 — Fontaine et sa cuvette vieux Delft, monture en chêne sculpté, camaïeu représentant des paysages. (Rare.)

71 — Glace Louis XV, ornée de peintures représentant les trois Grâces, avec papillons et fleurs.

72 — Bénitier ancienne porcelaine de Capo di Monte, genre dit coquillage, avec figures en relief représentant la Sainte Famille. Belles teintes et grande finesse de modelé. Époque Louis XV.

73 — Statuette représentant un arlequin.

74 — Garniture de boutons anciens en acier (douze grands et douze petits).

75 — Statuette vieux Berlin.

76 — Statuette faïence de Strasbourg, avec la marque H, représentant Minerve, polychrome et dorée.

77 — Deux vaches en vieille faïence de Delft, dorées et polychrome. (Réparées.)

78 — Buste en biscuit et porcelaine de l'ancienne fabrique de Vienne, représentant Charles III, duc de Lorraine.

79 — Boîte en vieil émail de Saxe, décorée.

80 — Pot à eau, ancienne porcelaine représentant un lion.

81 — Pot à eau et sa cuvette, ancienne porcelaine à la reine, décors polychrome et doré.

82 — Deux coqs vieux Delft, polychrome.

83 — Canard, ancienne faïence de Nevers.

84 — Assiette Delft avec chansons en français.

85 — Potiche vieux Nevers, avec décors très-fins, bleu et manganèse représentant des personnages.

86 — Deux tableaux, buste en cire. XVIIIᵉ siècle.

87 — Deux oiseaux Saxe et Berlin.

88 — Assiette en Delft polychrome avec paysages.

89 — Statuette vieux Berlin représentant la Paix.

90 — Statuette en vieux Chelsea, figurine de femme.

91 — Tasse et sa soucoupe vieux Sèvres, décor noir et or imitant le laque du Japon.

92 — Pot au lait porcelaine de Vienne imitant la cornaline, décors genre arabesques or et argent.

93 — Chandelier ancienne faïence de Lorraine. Époque Louis XIII.

94 — Petite chèvre ancienne terre de pipe.

95 — Deux petits vases porcelaine. Époque Empire.

95 *bis* — Réduction du temple de Jérusalem; petit monument en nacre gravée.

MEUBLES ANCIENS

96 — Grand bahut hollandais.

97 — Deux glaces chinoises Louis XIV.

98 — Meubles à deux corps, bahuts, tables, fauteuils, chaises, des époques Louis XIII et Louis XIV ; seront vendus sous ce numéro.

TAPISSERIES

99 — Sous ce numéro, cinq anciennes tapisseries.

RED. :

20

MIRE ISO N° 1

NF Z 43-207

AFNOR

Cedex 7   92080 PARIS LA DÉFENSE

graphicom

0 1 2 3 4 5 6 7 8 9 10